투구꽃

투구꽃

최두석 시집

창비

차 례

제1부

겨울 장미

된서리 내린 아파트 화단에서
봉오리 겉잎이 얼어터진 장미가 핀다

벌나비 날지 않아 열매 맺을 생각 없이
잇달아 꽃망울 부풀어 장미가 핀다

찬바람에 얼어터진 검붉은 꽃잎 보며
원예가여 기막힌 기술을 자랑 마라

꽃만 좋아하고 열매에는 관심없는
사람들의 정원에 뿌리내리기 위하여

꽃이 귀한 겨울에도 피는 꽃나무로
장미는 눈물겹게 진화하는 중이다.

사스레피나무

낭창낭창한 가지에 윤기 흐르는 촘촘한 잎
고향 뒷산에서 보던 녀석을 상가에서 본다

출세한 기관장의 이름이 붓글씨로 적힌
국화 조화의 배경으로 짙푸르게 꽂혀 있는 녀석

겨울에도 생생히 푸르러 땔감으로도 신통치 않던
놈의 가치를 근래에야 알아 가지째 자르는 모양이다

남도의 숲에서 잘려 단으로 묶여
원예시장의 값싼 상품으로 이리저리 팔려가는 모양이다

상품이 되지 못하면 가치가 없는 이 세상에서
놈의 족속은 도대체 무슨 행운을 붙잡은 것인가

나는 문상 온 고인의 생애를 뒷전에 두고
자꾸 사스레피의 얄궂은 운명의 행로를 가늠해본다.

요람과 무덤

비질이 잘된 융건릉 숲길에
나뭇잎 요람이 깔려 있다
거위벌레가 알을 낳고 상수리잎으로 말아
바닥에 떨군 것이다
나는 이 정성들여 만든 요람이
사람들의 발길에 밟힐까 저어하여
주워서 숲속에 넣어주며 가다가
그냥 발에 밟히지 않도록 조심하며 걷는다
나뭇잎 요람이 너무 지천인 탓이요
나의 가벼운 적선을 보는
상수리나무의 곱지 않은 시선을 느껴서이다
왕릉 지키는 숲을 해치는 해충을
무엄하게 동정하는 죄를 저지르다니!
무덤 속 정조의 목소리가 들리기도 해서이다
하지만 아버지와 자신의 묘를 쓰기 위해
수원성을 옮긴 정조의
공과를 묻는 나의 상념은 부질없이
숲길을 따라 돌며 칡넝쿨처럼 뻗어가는데

산책이 끝날 즈음에는
요람에서 무덤까지 거위벌레도 엄연히
행복하게 살 권리를 지니고
이 땅에 태어났다고 생각한다.

독도와 강치

독도는 강치의 낙원이었네
신라의 우산국 정벌 이후에도
오랜 세월 무인도였던 독도는
강치 무리가 먹고 놀고 쉬기에
아쉬울 것 없었네

한동안 울릉도 어부들이 독도에 가면
강치들은 피하지 않고
오히려 다가와 아양을 부리는 놈도 있어
몽둥이로 콧등을 후려쳐
고기와 기름과 가죽을 취했네

일본이 조선을 짓밟던 시절
기계화된 배와 작살로
수만 마리의 강치를 잡아갔고
해방 후 독도에 다시 태극기 나부낄 때
강치는 이미 종적을 감추었네

계속해서 한일간 불화의 불씨가 되고 있는 독도
제발 일본이 과욕을 버렸으면 하는 독도
하지만 이러한 난제는 묵혀두고 우선
북태평양의 미아가 된 강치들
되돌아와 평화롭게 살면 좋겠네.

백운산 고로쇠나무

백운산 크고 작은 골짜기마다
고무호스가 줄줄이 뻗어 있다
친절하게도 그 고무호스가
일일이 방문드린 대상은 고로쇠나무
우수 경칩 무렵이면
나무마다 밑둥에 구멍 뚫어
고무호스를 박아
이슬처럼 방울방울 맺히는
고로쇠 수액을 받는다

사람들은 약수라 하지만
실상 나무에게는 피인 것인데
봄을 맞아 힘을 내려고
위장병에도 신경통에도 좋다고
하마 물 마시듯 벌컥벌컥
한꺼번에 많이 들이켜야 효험 있다고
몇통씩 사들고
부러 찜질방에 들어가 땀 흘리며

배 두드리며 마시는 자도 있다.

고향 들녘에서

술래 술래야
굼실굼실 무논의
벼포기 사이를 옮겨다니던
우렁이를 찾아봐라
우렁이를 맛있게 찍어먹고
고개 들어 울던
키다리 황새를 찾아봐라
황새 그림자에 놀라
이리 뛰고 저리 뛰던
개구리를 찾아봐라
황새 발걸음에 놀라
저리 숨고 이리 숨던
미꾸라지를 찾아봐라
술래 술래야
발등이 붓고 발바닥이 부르트도록
돌아다니며 찾아봐라
다 어디로 가서
꼭꼭 숨었지?

명이

요즘에는 별미의 나물이지만
예전에는 섬사람들 목숨을 잇게 해서
명이라 부른다는
울릉도 산마늘잎 장아찌
밥에 얹어 먹으며 문득
세상에는 참 잎도 많고
입도 많다는 것 생각하네
세상의 곳곳에서
기고 걷고 뛰고 날며
혹은 헤엄치며
하염없이 오물거리는 입들
과연 잎 없이 입 벌릴 수 있을까 생각하네.

지장보살을 먹다

곡식이 귀한
두메산골 아낙들에게
나물은 보살이었나보다
하여 풀솜대를
지장나물이라 불렀나보다

가시로 찌르거나
삶고 우려도 독이 잘 빠지지 않는
질긴 나물도 많은데
날로 씹어도 부드러운 풀솜대는
나물로 보릿고개를 넘던 이들에게
온갖 모습으로 나타나
온몸을 던져 중생을 구한다는
지장보살로 보였나보다

산길을 가다
풀솜대를 꺾어
풋풋하게 싱그러운 맛 음미하며

나물 먹고 보살 부르는
마음의 행로를 따라가본다.

후투티

회고 까만 줄무늬 날개에
인디언 추장처럼 화려한 관을 쓰고
너는 태연히 두엄이나 똥 속에
길게 굽은 부리 박아
곤충의 애벌레를 사냥한다

너를 보면 새삼 미추를 초월한
먹고사는 일의 엄연함에
고개를 끄덕이게 되는데
다행이라면 너의 고기나
네가 좋아하는 애벌레가
사람들의 식탁에 오르지 않는 것이다.

괭이갈매기

갈매기야 갈매기야
유람선을 따라 날며
유람객이 장난삼아 던져주는 새우깡을
잽싸게 곡예하듯 받아먹는
울릉도 괭이갈매기야
너희는 왜 고양이처럼 우니
사람의 집에서
밥그릇을 핥는 고양이처럼 우니

사람아 사람아
세상의 먹거리 모조리 쓸어가는
꼬리 없는 원숭이야
고양이가 왜 우리처럼 우는지 모르지만
주린 배가 시키는데
무슨 짓인들 못할까
도대체 우리는 무얼 먹고 살라고
바닷속 물고기 죄다 잡아가니?

황조롱이

키이잇 키이잇
고층아파트에 세들어 사는
황조롱이가 비둘기의 살을 찢어
새끼들에게 먹이고 있다
취객의 토사물을 쪼아먹고 비틀거리다
기습당한 비둘기가
배고픈 황조롱이의 먹이가 된 것이다

키이잇 키이잇
까마득한 절벽에 살며
자유롭게 하늘을 날던 황조롱이가
고층아파트 베란다에 둥지를 틀고
사람들과 얼마나 가까워지나 시험하고 있다
그녀의 먹이가 된 비둘기가
천년 동안 한 일을 시작한 것이다

야성의 심장과
진정한 자유의 관계를 묻는 이여

둥지를 부수고
끊임없이 날아오르기를 꿈꾸는 영혼이여
황조롱이가 어찌하여 고층아파트에 살며
어떻게 먹이를 구하는지 보라.

부비새 운다

뿌비비 지리리리릿
울음소리로 서로의 안부 물으며
수십 마리의 부비새가
서리 내린 덤불숲을
낮게 분주히
곡예하듯 헤집고 다닌다

무리짓지 않고는 살 수 없는
이 새떼 가운데
굶어죽거나 얼어죽지 않고
잡아먹히지 않고
무사히 겨울을 날 녀석이
몇이나 될까

풀씨 찾기에 알맞은
작고 오목한 눈 바라보며
사람들이 잡초라 하는
바랭이나 강아지풀의 씨앗이

부비새에게는 귀한 양식이 되는
자연의 배려를 고마워한다.

팥배나무와 직박구리

서리 맞은 선홍빛 열매
주렁주렁 매달고 선 팥배나무야
너에게는 어떤 새가 가장 기꺼운 손님인가

날렵하게 가지를 옮겨다니며
날름날름 팥배 따먹는 직박구리야
너에게는 어떤 나무가 가장 고마운 주인인가

내 귀에는 시끌벅적한 직박구리 우짖는 소리
팥배나무야 너는 어떤 노래로 듣나

내 입에는 시금털털한 팥배
직박구리야 너는 어떤 맛으로 먹나.

꿩 가족

강과 뼝대가 잘 어우러진
동강 가수리 콘크리트 포장도로
먼저 까투리가 주위를 살피며 도로를 건너간다
다음 장끼가 등장하여 어험스럽게 걷는데
꺼병이 아홉 마리가 연이어 나타나
달음질로 잽싸게 도로를 가로지른다
어미 까투리는 풀숲에 숨어 새끼들을 부르고
아비 장끼는 마지막 꺼병이가 풀숲에 드는 것을 보고
뒤따라 자취를 감춘다
새끼를 돌보는
까투리의 조심스러운 몸짓과
장끼의 의젓한 태도가
눈시울이 젖도록 정겹다

꿩 가족의 삶터에
허락도 없이 들어온 나는
잠시 운전대를 놓고 그들의 안녕과 행운을 빈다.

두루미

두루미야
짝과 새끼와 더불어
만리 하늘길 날아와
이삭을 주워먹는
철원평야 두루미야

하얀 저고리
검정 치마
너를 처음 보고서는
우아한 자태에
넋 놓고 황홀해했었다만

세상살이에
번잡한 심신 다스리러 와서
너를 자주 훔쳐보다보니
지상에서 먹이를 구해
사랑을 나누고
새끼를 기르는

원초의 모습 알 것 같구나.

제2부

족도리풀

바야흐로 새 잎 다투어 돋는 숲에서
다소곳이 받쳐든 족도리풀잎 만나면
첫날밤 신방 엿보듯 조심스레
쌓인 낙엽 들추고 족도리꽃 훔쳐보네

어찌하여 숨겨둔 꽃은 더욱 보고 싶은지
어린아이 같은 내 마음 나도 모른 채
땅바닥에 엎드려 훔쳐보고 나서
아기자기해진 마음에 따사로운 봄볕 쪼이네

시집갈 때 족도리 쓰는 풍속 사라지고
신방 엿보는 한지 문창호도 없어진 지금
숨바꼭질하듯 여기저기 두리번거리며
족도리풀 찾아 숨겨둔 꽃 훔쳐보네.

홀아비바람꽃

산골짜기 지나는
어떤 바람을 불러
순백의 미소를 피워내는가
미풍에 유난히 민감한 이여
호흡과 숨결에 배어 있는
안개 같은 외로움을
어떻게 날려보내면
너처럼 소박하고
정갈한 미소를 피워내는가
외로움에 유난히 민감한 이여.

복수초

옹송그리며 겨울을 지낸 꿀벌들이
외출을 할까 말까 망설이는 경칩 무렵이면
나는 문득 한 마리 꿀벌이 되어 날아올라
남도의 산기슭
잔설을 헤치고 피어나는
복수초를 찾아가고 싶네

가서 새삼 복된 앞날이나
무병장수를 빌지 않고 그냥
금빛으로 환한 복수초 꽃술 사이에서 놀다
밤이면 다시 꽃잎 포개고 오므리는
꽃봉오리 속에서
좋은 꿈 꾸며
하룻밤 잠들고 싶네.

뻐꾹나리

무심코 스쳐지나가기 쉽지만
일단 한번 고개 숙여 들여다보고 나면
도저히 잊히지 않는 꽃이 있지요

언제 어느 산에 피어날 줄 알아
그윽한 숲그늘로 나를 이끈 여인처럼
은밀한 향내를 지닌 꽃이 있지요

눈썹에 새치가 생긴 후 처음 보고서는
지나간 세월이 문득 아득해져버린
오묘한 꽃술을 가진 꽃이 있지요.

물봉선과 호박벌

깔때기가 매달린 모양의 물봉선꽃은
풀이나 나무의 성기가
꽃이라는 말을 새삼 실감나게 하는데

호박벌이 물봉선 꽃속 가득
온몸을 들이밀고 꿀 빠는 모습을 대하니
주위가 문득 생기로 충만해 보인다

꽃과 벌의 꽃술과 촉수가 서로 만나
충전하는 생의 희열로
가을을 맞는 골짜기가 따사롭고 환하다.

돼지평전 원추리

멧돼지들이 알뿌리를 파먹느라
땅을 헤집어놓곤 한다는
지리산 돼지평전에 올라
바람에 흔들리는 원추리꽃 보네

독이 있어 조금씩 먹어야 한다는
우울증에 약으로 쓴다는
원추리의 선연하게 노란 꽃송이들
무리지어 추는 춤을 보네

독 품은 알뿌리를 거뜬히 소화하고
근심과 우울을 모르는 멧돼지들
씩씩거리며 골짜기를 누비다가
잠들면 무슨 꿈 꿀까 생각하네.

투구꽃

사노라면 겪게 되는 일로
애증이 엇갈릴 때
그리하여 문득 슬퍼질 때
한바탕 사랑싸움이라도 벌일 듯한
투구꽃의 도발적인 자태를 떠올린다

사노라면 약이 되면서 동시에
독이 되는 일 얼마나 많은가 궁리하며
머리가 아파올 때
입술이 얼얼하고 혀가 화끈거리는
투구꽃 뿌리를 씹기도 한다

조금씩 먹으면 보약이지만
많이 넣어 끓이면 사약이 되는
예전에 임금이 신하를 죽일 때 썼다는
투구꽃 뿌리를 잘게 잘라 씹으며
세상에 어떤 사랑이 독이 되는지 생각한다

진보라의 진수라 할
아찔하게 아리따운 꽃빛을 내기 위해
뿌리는 독을 품는 것이라 짐작하며
목구멍에 계속 침을 삼키고
뜨거워지는 배를 움켜쥐기도 한다.

남대천을 거니노라면

동해 은빛 연어가
자줏빛 띠를 두르고 올라오는
양양 남대천을 거니노라면
하천을 가로지른 그물에 막혀
헛되이 몸부림치는 연어들을 보며
남대천 뚝방을 거니노라면
문득 온몸에 검은 털이 돋은
곰이 되고 싶어진다 그리하여
첨벙첨벙 물속으로 들어가
말뚝을 뽑고 그물을 찢어
연어의 물길을 트고 싶어진다
연어의 힘찬 유영을 따라
계곡을 거슬러오르다
폭포를 뛰어넘는 날랜
연어 몇마리 잡아 포식하고
눈 쌓인 설악산 골짜기에 숨어들어
깊고 긴 겨울잠 자고 싶어진다
그리하여 새순이 돋는 계절이 오면

가슴에 반달 모양의 흰 털이 선명한
젊고 힘센 곰으로
다시 태어나고 싶어진다.

박달나무

숲에서 잘 자란 나무를 만나면
다가가 안고 싶은데
박달나무를 만나면 더욱 간절해진다
상처에 앉은 딱지처럼
껍질이 벗겨지면서
새 살이 돋고 있어서이다

끊임없이 껍질을 벗어야
튼실하게 자라는 나무
부지런히 상처를 다스려야
굳건하고 옹골차게 자라는 나무
아름드리 박달나무를 만나면
갓 돋아나온 살결에 살며시
가슴속 상처를 부비고 싶어진다

박달나무를 안고서
눈감고 귀기울이다보면
나무는 옛 신화처럼 무성해지고

뿌리는 힘차게 깊이 뻗어가
땅속의 약물을 길어올려
내 짓무른 상처에 발라주기도 하는데
상처에서 불현듯 새 잎이 돋는 듯한
황홀감을 느끼게도 되는 것이다.

한재초등학교 느티나무

새 잎 돋는 나무를 바라보며
나무가 내쉬는 숨을
가슴 깊숙이 들이마신다
그네를 뛰고 공을 차던 아이가
반백이 되어 돌아와 행하는
봄맞이 의식이다

이조의 태조 이성계가
기우제를 지냈다는 나무
방방곡곡 제법 돌아다녀본 뒤에 보아도
이 땅에서 가장 웅숭깊은 그늘을 거느린 나무
그 그늘 아래서 글을 익힌 게
은근히 자랑스러운 나무

오물오물 움질움질
새 잎 돋는 나무를 바라보며
나무의 숨결이
나의 숨결이 될 때를 기다린다

나무의 마음이
나의 마음이 될 때를 기다린다.

산벚나무가 왕벚나무에게

하산하여 저자로 간 지 오래인
나의 친척이여
요즘 그대 집안의 번창이 놀랍더군
일찌감치 화투장에
삼월의 모델이 될 때부터 알아보았네만
요즘은 사꾸라라고 욕하는 사람도 없이
지역과 거리의 자랑인 양 심어
축제를 열기에 바쁘더군
그대의 꽃소식 신문과 방송이 앞다투어 전하니
가문의 영광이 따로 없네
지상에 사람들이 번성하는 한
기꺼이 그대 화사한 아름다움을 찬양하고
세상의 곳곳에 전파할 걸세

나야 뭐 늘 굼뜨지 않나
새 잎 내밀 때 조촐하게 꽃피고
버찌는 새들이 먹어 새똥 속에서 싹트는
예전의 습성대로 살고 있네

일찍이 목판으로 책을 찍거나
팔만대장경 만들 때
세상에 출입한 적 있지만
아무래도 내 살 곳은 호젓한 산속이네.

가시연꽃

자신의 몸 씻은 물 정화시켜
다시 마시는 법을 나면서부터 안다

온몸을 한 장의 잎으로 만들어
수면 위로 펼치는 마술을 부린다

숨겨둔 꽃망울로 몸을 뚫어
꽃 피우는 공력과 경지를 보여준다

매일같이 물을 더럽히며 사는 내가
가시로 감싼 그 꽃을 훔쳐본다

뭍에서 사는 짐승의 심장에
늪에서 피는 꽃이 황홀하게 스민다.

황새여울

울쑥불쑥 바위들이 자리를 다투듯 박혀 있어
예전 뗏사공들이 온몸의 신경줄 곤두세워
조심조심 삿대질하던 여울
세찬 물살이 돌멩이를 굴린다
힘차게 부푼 근육 같은 물살들
서로 어깨를 부딪히고 이마를 부비며 구르는 돌멩이들
강은 돌멩이 굴리는 놀이에 골몰하고
나는 이 땅에 드물게 살아 있는 강의 노래 듣는다
황새처럼 스러져간 목숨이 많은 세상에
온갖 생명을 살아 숨쉬게 하는 노랫소리에 빠져든다.

강 건너 산철쭉

이 땅에 이토록 생생하게
살아 있는 강이 어디 있나
이 땅에 이토록 정갈하게
아름다운 풍광이 어디 있나
거듭 감탄하게 하는
영월 동강 어라연에 봄빛 찬란한 날
붉은 물그림자 어른대는
강 건너 산철쭉 바라보며 손을 씻는데
바람결에 쓸리는 물살이
손등을 간질이며 묻는다
사람들 발길이 닿지 않는 강 건너에만
산철쭉 꽃이 피는 사정과
이편 아닌 저편이 늘 아름다운 연유를.

꽃싸움

봄 숲을 휘황하게 수놓는 현호색과 얼레지는
서로 마주 보고 필 때 가장 선연하다
함께 군락을 이루고 기세싸움 벌일 때
현호색은 더욱 푸른 보랏빛으로 생생하고
얼레지는 더욱 붉은 자줏빛으로 도발적이다

일종의 꽃싸움
서로 아름다워지려는 싸움이다
자신의 피를 맑게 하고
세상을 더욱 다채롭고 생동하게 하는 싸움이다

친구여, 우리 꽃싸움 하자
위로와 격려로 적당히 다독이거나 추어주지 말고
혼신의 힘으로 꽃대궁 밀어올려
제대로 한번 겨뤄보자.

청띠제비나비

세파에 시달리다
스스로 누추해지고 비참해져
버러지 같다 하는 누이야
그런데 버러지도 하찮게 살지 않아
모든 애벌레는 허물을 벗어
온몸으로 허물을 벗고 또 벗어
날개를 다는 거야

서남해 난바다 홍도에는
청띠제비나비가 살지
절벽에 부딪히는 파도 위를 날아
진초록 후박나무숲에 이르는
나비의 비행을 상상해봐
후박잎을 먹고 자란 애벌레가
빛나는 비췻빛 띠를 두른
나비가 되어 날아오르기까지
온몸으로 허물을 벗고
또 허물을 벗는 모습 떠올려봐.

제3부

무등산 해맞이

날마다 떠나지만
날마다 제자리 맴도는 자 있어
어둠 뚫고 해 맞으러 간다
나날이 새로워지고 싶으나
나날이 낡아가는 자 있어
눈길 헤치고 해 맞으러 간다
어릴 적 아침마다 낯 씻고
든든히 바라보던 무등
소년 시절 산자락에서 뛰놀며
풋풋한 야망을 키우던 무등
무등을 떠나 이래저래 부끄럽고
열에 들뜬 청춘을 보내고
장년의 세월을 이 일 저 일
맡은 일에 붙들려 살다가
덜컥 지천명을 맞게 된 자
떠오르는 해를 보며 천명을 물으려고
단잠에 깊이 빠진 산을 오른다.

참성단 소사나무

하늘과 단군을 기려
제사 지내는 마니산 참성단에
신목처럼 서 있는 소사나무
몽골의 침략을 받아
나라 지키려는 마음 모아 쌓은 제단에
언제부턴지 뿌리내려 자란 소사나무
개천절 제사와 성화 채취
무당의 신내림굿
각종 회사와 동아리 단합대회 등
온갖 제사 혹은 행사를
묵묵히 지켜보아온 소사나무
그 기이한 운명의 나무가
어느날 홀로 찾아간 내게 건넨 말들
— 외로움에 대해 좀더 겸손해지라
— 슬픔에 대해 좀더 의연해지라
나는 이 말들을 나무의 강인하고
아름다운 모습과 함께 이따금 불현듯
눈감고 되새기며 음미하네.

면앙정 참나무

우뚝 솟은 줄기와
활개치듯 뻗어나간 가지가 늠름한
면앙정에 있는 참나무를 보며
서 있는 자리도 중요하다고 생각한다
송순이 낙향하여 면앙정을 지은
깊은 속내는 헤아릴 수 없으되
하늘을 우러르고 땅을 굽어보아
부끄럽지 않고자 하는 그의 뜻이
참나무에게서 느껴져서이다

아무래도 자리와 자세가 함께 어울릴 때
기품있는 나무가 되리라
자신에게 걸맞은 자리에서
성심껏 일하는 자라야
세상에서 떳떳할 수 있으리라
정자 마루에 앉아 참나무를 바라보며
내세울 공 없는 과거에도 불구하고
앞으로 내가 서 있을 자리와

살아갈 자세에 대해 생각한다.

철원노동당사 돌나물

만성 간질환이나
피로회복에 좋다는
돌나물을 생으로 뜯어먹는다
사근사근 씹히는 맛이
풋풋하고 비릿하고 새콤하다

육이오 때의 격전지 철원에서
유일하게 살아남아
분단의 역사를 증언하는 노동당사
지붕 없는 건물 벽 틈에 뿌리내려
비와 이슬로 자란 돌나물

정치적 술수에 따라
자꾸만 어긋나는 남북관계에
피곤해하지 말자 다짐하며
봄을 맞아 새순 내민 돌나물을
신비한 약초처럼 뜯어먹는다

돌팔이 약방문이지만
철원노동당사에서 채취한 돌나물은
시국사건이나 간첩사건으로
간이 굳어가는 이들에게
특효가 있다 한다.

이팝나무 꽃그늘

애정이 예전과 슬며시 달라지고
양처보다는 현모가 되려 애쓰는 아내가
꽃구경 가자 했을 때
맨 먼저 왜 이팝꽃이 떠올랐을까

가정과 직장을 오가며 힘들게 살아온 아내가
모처럼 부부여행을 제안했을 때
나는 왜 소복이 쌀밥 같은 꽃을 피운 채
모내기하는 들녘을 바라보는 이팝나무가 떠올랐을까

꽃이 일시에 구름처럼 피면 풍년이요
꽃이 주춤주춤 빈약하게 피면 흉년이라는
이팝나무 꽃그늘에 서서 새삼
거칠어진 아내의 손을 간절히 잡고 싶었을까

농사가 생업인 사람들이 대대로
정자나무로 아끼고 당나무로 섬겨온
이팝나무 환한 꽃그늘에 서서 새삼

쌀밥 먹는 게 소원이던 시절을 회상하고 싶었을까.

조팝꽃

좁쌀 튀밥처럼 보인다는
조팝꽃 보려면
징검다리를 건너야 할 것 같다
조 콩 무 배추 고추 감자 고구마 등
집안의 온갖 먹거리를 기르던
시내 건너 자갈밭으로 가야 할 것 같다
골라내고 골라내어도 하염없이 자갈이 나와
해마다 객토를 하고 두엄을 내야 했던
밭둑에 무리지어 핀 조팝꽃
그 뽀얗게 흰 젖 같은 꽃을 보려면
세월의 징검다리 건너뛰어
유년으로 돌아가야 할 것 같다
노릇노릇 고슬고슬한 조밥이 아니라
희멀건 조죽으로 허기를 달래던
꽃이 밥으로 보이던 시절로.

며느리밥풀꽃

예전에 가난한 집안의 며느리가 젯밥을 짓는데 뜸
이 들었나 보려고 밥알 몇톨 입에 넣다가 시어미에
게 들켜 호되게 당하고 끝내 자진하게 되었으니 그
며느리가 묻힌 자리에서 며느리밥풀꽃이 피어났다
고 한다.

입안에 밥알 두 톨 물고 있네
가난을 잊은 육체와 영혼을 위하여
입안에 밥알 두 톨 한사코 물고 있네
고난의 세월을 잊은 육체와 영혼을 위하여
조붓한 입안에 밥알 두 톨 한사코 물고 있네
흙에 떨구는 땀방울을 잊은 육체와 영혼을 위하여.

생강나무

한껏 부푼 꽃눈을 달고
봄바람에 흔들리는
생강나무를 보다보면
샛노란 꽃그늘에 파묻힌
유정*의 선머슴과 계집애가 떠오른다
알싸한 꽃향내 속
그들의 연애는 얼마나 달콤했나

올망졸망 검은 열매 매달고
노랗게 물든
생강나무를 보다보면
배 좀 건네주라고 사공을 부른
아우라지 처녀와 강 건너 총각이 떠오른다
서리 맞은 낙엽 위
그들의 연애는 얼마나 쓰라렸나.

* 김유정 「동백꽃」에서 동백나무는 생강나무의 강원도 고장말
  이다.

천남성

천남성아 천남성아
너의 숨겨둔 깔때기 모양의 꽃을 보면
자나 깨나 누우나 앉으나
잊지 못할 사내가 있어
속눈썹에 자주 이슬 맺히는
여인의 글썽이는 눈망울이 떠오른다

천남성아 천남성아
너의 알록달록 우둘투둘한 열매를 보면
연정의 병이 깊어
고열과 오한에 끙끙대며
밤새 뜬눈으로 뒤척이는
사내의 풀어헤친 가슴팍이 떠오른다

꽃에도 열매에도 독을 품은 천남성아.

김굉필 은행나무

서원에서 글 읽는 소리
오래 듣다보니 예를 알아
몸을 깊숙이 구부리고 있다는 은행나무

고개를 숙여야 드나들 수 있는
문을 중심으로 엄격한 대칭을 이루고 있는
도동서원 은행나무

소학 속의 동자처럼
기본적 법도에 충실하다 사화로 희생된
김굉필을 기려 심은 은행나무

하지만 어찌 나무가 예를 알랴
아니 사람의 도덕에 구속되랴
척박한 땅의 윤리주의자들이여

나무는 다만 깊이 뿌리내릴 수 없어
위로 마음껏 벋어오르지 못할 뿐

암반에 막혀 뒤틀린 뿌리의 고통을 보라.

선운산 꽃무릇

벌이나 나비를 부르기보다
사람을 유인하기에 골몰하는 꽃이 있다
꽃무릇 피어 불붙는 듯한 선운산 골짜기는
꽃구경 나온 인파로
여느 큰 시장보다 붐빈다

잎이 진 뒤 꽃대가 솟아
상사화라 부르기도 하는
꽃무릇은 어떤 외곬의 정념으로
선운사 스님들을 유혹했기에
온 산을 뒤덮도록 알뿌리를 심었을까

꽃무릇에 눌려 근근이 살아가는
노루귀나 현호색을 안쓰러워하며
사라져가는 바람꽃을 안타까워하며
모든 사랑이 다 아름답지는 않듯이
지나치게 도발적인 꽃은 외면하고 싶어진다.

매화차

매화향 각별히 아끼는 스님이 있어
갓 벙근 매화 송이송이 따서
냉동실에 넣어두었다가
뻐꾸기나 소쩍새 울음소리 들으며
녹차를 타서 한 송이씩 띄워 마시는 것을
고아한 취미로 여기며 산다

취미로 꽃을 따다니!
매화나무가 불쌍하지도 않나?
나는 스님을 나무라며
온갖 생선과 고기를 가리지 않는 내가
채식의 계율을 지키는 스님을 나무라는 것이
얼마나 면목없는 일인가 생각한다.

옥룡사터 동백숲에서

광양 옥룡사터 동백숲에서
떨어진 꽃 한 송이 손바닥에 올려놓고
천년 하고도 백이십년 전쯤에 살다 간
옥룡자 도선을 생각하네

고려와 조선의 건국을 예언한
도선이 머무르며 비기를 썼다는 곳에서
그가 한 여러 사업 가운데 잘한 일이
동백숲 가꾸기라 생각하네

그가 머물렀던 절은 불타고
그가 예언한 왕조도 차례로 망했는데
짙푸른 동백숲은 왕성하게 꽃 피고 열매 맺어
계속 영토를 넓혀가나니

상상의 닭이 알을 품는 산자락에
땅의 기운을 북돋운다고
동백을 심어 그가 가꾸고자 한 것은

어떤 청신한 기운이었나

광양 옥룡사터 동백숲에서
떨어진 꽃 한 송이 손바닥에 올려놓고
멧비둘기 울음소리를 반주로
말없는 설법 한 구절 듣네.

정암사 주목

신라의 승려 자장이
석가의 사리를 가져와 마노탑에 모시고
꽂아둔 지팡이가 자랐다는
함백산 정암사의 주목

죽은 나무뿌리 사이에서
새 나무가 자라
고사목 틈새로 가지 뻗은 모습 기이한
정암사 적멸보궁의 주목

과연 석가의 진신사리인지 믿거나 말거나
과연 지팡이가 살아났는지 믿거나 말거나
주목은 사철 생생히 푸르러
과거에서 미래로 힘차게 가지를 뻗고 있나니

전설이 품은 사실과 허구 사이에서
살아 천년 죽어 천년 간다는
속설을 증명하듯 주목은 서서

언제까지 이야기의 실감을 자아낼 작정인가

수많은 신도들의 경배를 굽어보며
천연덕스럽게 맺은 주목의 붉은 열매
손바닥에 올려놓고 굴리며
자장과 주목의 오랜 인연에 대해 묵상하나니.

화엄사 구층암 모과나무

화엄사 구층암에는 모과나무가 있고
모과나무 기둥도 있다
산 나무는 당연히 꽃 피우고 열매 맺는데
죽은 나무 기둥은 지붕을 힘껏 떠받치고 있다
삶과 죽음을 함께 보라는 가르침이다

삶과 죽음이 모두 자연의 모습이라지만
어떻게 죽느냐가 신성한 후광을 씌우기도 하고
버러지처럼 비루하게도 한다
그리하여 죽음으로 삶의 진정을 증명하기도 한다

유난히 죽음으로 삶의 깃발을 세우려 한
지사나 열사가 많이 배출된 나라에 살며
죽어 장작으로 불타거나
옻칠한 장농이 되지 않고
지붕 받치는 기둥이 되는 것이 과연
보람인지 업보인지 생각한다

속이 문드러지면서 풍기는
모과 향내를 가슴 깊이 들이마시며.

화엄사 매화나무

살아오며 지은 죄 많아
용서를 빌고 싶은 나무가 있다
화엄사 각황전을 곁에 두고
환하게 꽃등을 밝힌 매화나무

그냥 홍매라고 부르기에는
한결 향이 맑고
빛깔이 진한 나무를 보면
염치없지만 그 뿌리 밑에
잠들고 싶어진다

나무가 쪼이는 햇볕 쪼이고
나무가 맞는 비 맞으며
매실을 먹고 살다가
매화나무의 거름이 되고 싶어진다.

연화대좌 앞에서

부처는 왜 연꽃 위에 올라앉아 있을까
연꽃은 왜 부처의 가슴이나 머리가 아니라
육중한 엉덩이 아래 피어 있을까
부처의 자비와 깨달음은
비바람에도 쉽게 다치는
연꽃을 짓눌러도 되는 걸까

세상의 어떤 자비가 꽃에 올라앉을까
세상의 어떤 깨달음이 꽃을 짓누를까

어떻게 세상만물을 끌어안고
어떻게 지혜를 닦고 밝히면
향내가 모든 경계에 두루 미치면서
영원히 시들지 않는다는
화엄의 꽃 피어날까.

제4부

백록담

사슴아 흰 사슴아
나직이 불러보는데
흰 사슴은 보이지 않고
구름만 자욱이 몰려왔다 흩어지네

조밭을 일구거나 물질을 하는
섬사람들의 꿈속에 나타나
하늘 비친 물 마시는
관이 산호처럼 빛나는 흰 사슴

사슴아 흰 사슴아
목청껏 불러보는데
흰 사슴은 보이지 않고
메아리만 아련히 바람 타고 들려오네.

고란사 고란샘

이 상큼한 샘물 마시고 강 건너
꿈속의 연인 만나러 간 이 있으리
이 해맑은 샘물 마시고 강 건너
깨달음의 불 밝히러 간 이 있으리
이 시원한 샘물 마시고 강 건너
역사의 수레바퀴 굴리러 간 이 있으리

가만히 고이지도 않고
세차게 흐르지도 않는
바위틈에서 하염없이 새어나오는 물맛 음미하며
예로부터 이 샘물 마시고
백마강 탁류를 건너간 이들이 흘린
눈물 섞인 땀과 피를 생각한다.

느티나무

나이를 모르는 우람한 느티나무는 가지가 많다
굵다란 가지마다 자잘한 가지를 뻗고
자잘한 가지는 가는 가지를 촘촘히 달고 있다

느티나무의 무성한 그늘을 기리는 이여
짙푸른 녹음 아래 정자에서
나날이 웃고 울며 살아가는 이야기를 즐기는 이여

하늘 향해 뻗은 가느다란 가지마다
빈틈없이 잎을 달고 있는 모습 보시게
가느다란 가지만이 잎을 다는 생의 경이를 보시게

우람한 역사의 줄기를 살찌우고
우수수 낙엽이 되어 종적 없이 사라질
초록 이파리같이 빛나는 이야기들 보시게

느티나무가 자라 옹이투성이 거목이 될 때까지
사람들의 마음속에서 자라다 부러진

까치집 삭정이 같은 이야기들 보시게.

그 놋숟가락

그 놋숟가락 잊을 수 없네
귀한 손님이 오면 내놓던
짚수세미로 기왓가루 문질러 닦아
얼굴도 얼비치던 놋숟가락

사촌누님 시집가기 전 마지막 생일날
갓 벙근 꽃봉오리 같던
단짝친구들 부르고
내가 좋아하던 금례 누님도 왔지

그때 나는 초등학교 졸업반
누님들과 함께 뒷산에 올라
굽이굽이 오솔길 안내하던 나에게
날다람쥐 같다는 칭찬도 했지

이어서 저녁 먹는 시간
나는 상에 숟가락 젓가락을 놓으며
금례 누님 자리의 숟가락을

몰래 얼른 입속에 넣고는 놓았네

그녀의 이마처럼 웃음소리 환하던
부잣집 맏며느리감이라던 금례 누님이
그 숟가락으로 스스럼없이 밥 먹는 것
나는 숨막히게 지켜보았네

지금은 기억의 곳간에 숨겨두고
가끔씩 꺼내보는 놋숟가락
짚수세미로 그리움과 죄의식 문질러 닦아
눈썹의 새치도 비추어보는 놋숟가락.

바람과 물

아버지의 경전은 옥룡록이다
유장한 가사체의 예언서를 밤낮으로 읽는다
그는 그냥 지리를 묻는 신도가 아니라
영험한 자리를 찾아내는 눈을 가진 사제이다
실한 농부였던 그가 지관의 눈을 뜬 것은 이순 무렵
젊은 날부터 꿈속에서 늘 산에 다녔다고 한다
오늘날 신도가 얼마나 될까마는
장지에서 그의 말은 아무도 거스를 수 없다
땅 밑에 맺힌 기와 수맥을 귀신같이 짚어내는 그는
길 따라 걸으며 풍경이나 보는 사람들의 등산을 비웃고
자신의 신도가 되기를 거부하는 나의 우매를 탄식한다
십여년 전 그가 바라는 집터를 찾아 고향을 등질 때
장남인 나의 만류를 단호히 뿌리쳤음은 물론이다
명당이라 소문난 묏자리 두루 둘러본 그의 소감은
제대로 쓴 데를 찾기 힘들다는 것이다
그래서 악착스런 인간들이 권세를 쥐고
탐욕스런 인간들이 재물을 갖고 거들먹거린다고 한다
그의 사명은 물론 명당을 잡아 제대로 일해서

나라의 동량이 될 건실한 인재를 많이 배출하는 것이다
그래야 집안의 번창을 기대할 수 있고
나라의 장래가 밝아진다고 우국충정까지 토로한다.

게와 개

꽃게 농게 밤게 집게 칠게
새만금 개펄과 바다에
얼마나 많은 게들이 살고 있는지
도저히 헤아릴 수 없지만

제방을 막고 나면
게 대신 개가 들어와 산다는 건
지나가는 도요새도 안다
아마도 꽃게 수천 마리가
물살을 헤집고 가르며 유영하는 대신
푸들 한 마리가
머리에 리본을 달고
주인에게 꼬리를 흔들 것이다.

탄금대에서

우륵이여
나라의 흥망을 묵묵히 지켜본 이여
새재 험로를 버려두고
굳이 남한강 가에
배수진을 친 군사들이
조총의 총알받이가 되던 때
그대는 무슨 곡조를 연주하였나
총 맞은 가야금으로

우륵이여
나라의 음악을 새롭게 세운 이여
한강과 낙동강을 잇는
터널을 뚫어
화물선을 띄우겠다는
운하 공사를 벌일 때
그대는 무슨 곡조를 연주하려나
포크레인 삽날에 찍힌 가야금으로.

재인폭포

폭포 위에 줄을 매고 광대가 줄을 탄다. 그의 여인이 치는 북장단에 맞추어 광대가 줄 위에서 춤을 추듯 걷는다. 폭포 아래 물가에서는 잔치판이 무르익고 잔치의 주인공인 원님은 술잔을 든 채 북 치는 여인을 바라본다. 원님의 시선이 여인의 잘록한 허리에 닿자 강물은 슬며시 냇물을 거슬러오른다. 북소리가 힘차게 폭포소리를 밀어올리니 광대는 줄 위에서 재주를 넘는다. 물구나무서서 발가락으로 사발을 돌린다. 그때 원님의 밀명을 받은 수하가 줄에 칼침을 놓는다. 북소리는 고요해지다가 다시 격렬해지고 광대는 줄을 굴러 뛰어올라 다시 줄 위로 내린다. 줄 위로 점점 더 높이 뛰어올라 점점 더 아슬아슬하게 줄 위로 내린다. 갑자기 줄이 끊기고 광대는 떨어져 바위에 부딪힌다. 광대의 시신이 수습되어 묻히는 동안 강물은 계속 역류해 올라 꾸역꾸역 폭포를 삼킨다. 북 치는 여인은 결국 원님의 어여쁜 첩이 되고 폭포를 삼킨 한탄강은 흐름을 멈추고 호수가 된다.

현등사 곤줄박이

운악산 현등사 보광전
기둥에 걸어놓은 목탁에
새가 깃들여 산다

목탁의 구멍으로 드나드는
곤줄박이 한 쌍의 비상이
경쾌하고 날렵하다

곤줄박이는 알 품고
새끼 기를 집이 맘에 들어
기꺼이 노래하고

새의 노래 듣는 스님은
새 날아간 자취 더듬듯
목탁에 손때 먹인 세월 되새긴다.

사막 도마뱀

타클라마칸의 서쪽
폐허가 된 절터에서
도마뱀을 본다
내가 물끄러미 들여다보자
한참을 웅크린 채 엎드려 있더니
잽싸게 달아난다
무심코 뒤따르는 나더러
따라오라는 듯 자꾸 멈추었다 달아나고
마침내 반쯤 무너진
전탑 틈새로 사라진다

가슴에 사막이 펼쳐질 때
어떻게 견디면서 살아야 하나
목이 마르면 눈물을 흘려
핥아먹는다는 도마뱀아

가슴에 사막이 펼쳐질 때
믿음으로 얻는 것은 무엇인가

지금은 알라를 경배하는 땅 위의
불탑을 휘감아도는 모래바람아.

불바라기 가는 길

나무마다 모양과
빛깔이 다른 단풍잎
우수수 날리는
낙엽의 세례를 받으며
산길을 걷는다

옛적 심마니들이
치성 드리는 데 썼다는
약수 한잔 마시러
굽이굽이 돌아가는
산길을 걷고 걷는다

폭포가 떨어지는
암벽에서 솟아
쏘는 맛이 각별한 샘물
심마니들은 왜
불바라기 물로 행운을 빌었을까

깊은 산중에 와
맨 처음 불바라기라 부른 이는
가슴속의 불
어떻게 다스렸을까 생각하며
산길을 걷고 걷고 걷는다.

마애관음보살을 보며

오늘의 내가 있기까지
얼마나 많은 사랑의 눈길과 손길을 거쳤던가
하지만 각별하게 따스했던 눈길과 손길마저
얼마나 까마득히 잊고 지냈던가
경주 남산 바위에 새긴
수더분한 모습의
관음보살을 보며 든 생각이다

우람하거나 정교한 조각이 아니라서
더욱 정겨운
보살이 쥐고 있는 정병은
천년 세월이 흐르는 동안
무수한 이들이 어루만진 손길로 반질거린다
그 정병을 기울여 약물을 마시면
어떤 마음의 병도 나을 것 같다.

의심 많은 새는 알을 품지 못한다

점봉산 곰배령 오르는 길에
연령초꽃 함초롬히 피었기에
향내 맡으러 다가가는데
근처 덤불 속에서 부비새가 포르르
인기척에 놀라 황망히 날아갔다

새가 날아오른 자리 유심히 살피니
둥지와 품던 알이 있어
어미새에게는 미안한 노릇이지만
파르스름한 새알의 온기도 느껴보고
사진도 두어 장 찍었는데

그 둥지에서 어미새가 다시 알을 품었는지
새끼를 몇이나 길러냈는지는 모르나
나 문득 하던 일 손 놓고 싶어질 때면
파르스름한 새알을 떠올리며 되뇌인다
의심 많은 새는 알을 품지 못한다고.

백두에 올라

구름바다 위로 장엄하게 솟은
백두산 산마루에 오르니
하늘과 땅의 기운 심장에 스미누나

마음에 어떤 신도 모시지 않고
외람되이 세상을 산 자
저절로 무릎 꿇어 경건해질 수밖에 없구나

나무는 오르지 못하고
풀만 간신히 기어올라 꽃을 피우는 곳
과연 나는 이 성소를 순례하고 어떤 꽃 피울까

머리칼 낱낱이 헤치는 바람 맞으며
하늘을 우러르고 땅을 굽어보는데
두메양귀비 선연한 꽃 피워 춤을 추누나.

고니

호수 위에 고요하게 떠서
곧잘 우아한 선율의 주인공이 되어온 고니
하지만 수면 밑 물갈퀴 발은 쉴 새 없다고 한다
그래야 평화롭게 떠 있을 수 있다고 한다
마치 아름다운 곡조를 내기 위해
무대 뒤에서 끊임없이 활을 켜야 하는 예인처럼

고니는 늘 혼탁한 목청으로 울지만
죽음을 눈앞에 둔 순간의 마지막 울음은
구름 너머로 청아하게 울려퍼진다고 한다
그리하여 배우의 고별무대를
화가의 최후의 그림을
고니의 노래라 칭한다고 한다.

꽃을 바라보며 생각하다

유성호

1

최근 씌어지는 최두석의 시에서 자연 사물들은, 어떤 관
념적 주제로도 환원되지 않고, 고유의 외관과 속성을 가진
채, 그저 춤처럼 음악처럼, 자연스런 물질성을 지닌 생명
자체로 나타나고 있다. 그 과정에서 그의 오랜 시학적 브
랜드였던 '이야기시'의 성격이 현저하게 줄어들고, 간결하
고도 탄력있는 시행 처리를 통한 '노래'로서의 성격이 점
증되어온 것도 우리가 잘 아는 바이다. "이야기는 그늘 속
에서 곰삭아/노래가 되고/노래는 아스라이 하늘로 스러
지며/이야기를 부른다"(『사람들 사이에 꽃이 필 때』 뒤표지글)
고 함으로써 '이야기/노래' 사이의 긴장과 균형을 받아들
였던 그가, '노래'로의 점진적 경사(傾斜)를 불가피하게 추
인하게 된 것이다. 그래서 그의 최근 시편들은, 좋은 시란

음악적일 뿐만 아니라 스스로 음악이 되고자 한다는 사실을 구체적인 실물 감각으로 입증한 사례가 되고 있다.

그동안 그의 시를 두고 여러 평가들이 있었다. 크게 보아 "상처를 대상화·객관화"(성민엽)하는 태도와 "적확한 어휘의 선택과 배열"(정과리)을 고집하는 자세 그리고 "직설과 정직"(김예림)의 미덕 등이 두루 강조되었다. 근작으로 올수록 강화된 생태지향이 "의식의 차원보다는 오랜 기간에 걸친 마음의 변화를 통해 얻어진 것"(나희덕)이라는 해석도 뒤따랐다. 결국 평자들은, 그의 정직성과 엄정성 그리고 일관된 진정성에 신뢰를 보내온 것이다. 이번에 출간되는 『투구꽃』 역시 이러한 최두석 시학의 변화와 지속 양면을 재확인하면서, 한편으로는 자연 사물들을 더욱 다양하게 확장하고, 다른 한편으로는 시인 스스로의 자기 귀환과 정립 과정을 보여주고 있는 성과라 할 것이다.

2

이미 잘 알려진 대로, 최두석 시인은 '꽃'에 대한 한결같은 집착을 보여왔다. 사실 '꽃'은 미의 대표적 상징이기도 하지만, 그 순간성 때문에 삶의 덧없음을 환기하는 제재로도 유력하게 채택되어왔다. 하지만 최두석 시편에서 '꽃'은 그러한 심미성이나 무상함과는 전혀 다른 차원에서 표현되어왔다. 초기시편에서 그것은 역사적 상상력을 매개하는 우의적 상관물로 나타났고, 후기시편으로 올수록 생명 자체의 원리나 속성을 드러내는 쪽으로 변모해온 것이다. 이처럼 시인의 시적 수원(水源)인 '꽃'은 '역사적 상상력'에서 '생태적 상상력'으로, '이야기'에서 '노래'로, 우의적 해석에서 사물 자체의 수용으로 점진적 의미이동을 해왔다고 할 수 있다. 이번 시집에서도 '꽃'을 비롯한 자연 사물들은 스스로〔自〕 그러한〔然〕 생명 본연의 모습을 충실하게 보여준다. 그에 비해서 '인간'은 잠재적이고 무의식적인 폭력성을 내장한 존재로 나타나고 있고, 시인 자신은 이 양자를 매개하고 통합하는 일종의 균형추 역할을 하고 있다.

술래 술래야
굼실굼실 무논의
벼포기 사이를 옮겨다니던
우렁이를 찾아봐라
우렁이를 맛있게 찍어먹고
고개 들어 울던
키다리 황새를 찾아봐라
황새 그림자에 놀라
이리 뛰고 저리 뛰던

개구리를 찾아봐라

황새 발걸음에 놀라

저리 숨고 이리 숨던

미꾸라지를 찾아봐라

술래 술래야

발등이 붓고 발바닥이 부르트도록

돌아다니며 찾아봐라

다 어디로 가서

꼭꼭 숨었지?

— 「고향 들녘에서」 전문

　숨바꼭질 형식을 차용하여 화자는 술래더러 '우렁이/황
새/개구리/미꾸라지'라는 생태계의 고리들을 찾아보라고
종용한다. 그 생명들은 외따로 존재하는 고립자들이 아니
라, '무논'이라는 배경 속에서 서로 영향을 주고받던 한 목
숨들이었기 때문이다. 말하자면 벼포기 사이를 옮겨다니
던 우렁이를 키다리 황새가 잡아먹고, 황새 그림자에 놀라
개구리가 뛰고, 황새 발걸음에 놀라 미꾸라지가 숨는, 그
야말로 하나의 연쇄고리로 그들은 존재했던 것이다. 하지
만 술래가 아무리 찾아보아도 그네들은 "다 어디로 가서/
꼭꼭" 숨어버렸다. 그들을 엮어내던 공존의 고리가, 인간
을 포함한 폭력적 외인(外因)에 의해 끊어졌기 때문이다.

아닌게아니라 최두석 시인은 일관되게 '문명비판'과 '자연 긍정'의 태도를 보여준다. 가령 "사람들은 약수라 하지만/실상 나무에게는 피"(「백운산 고로쇠나무」)라든지 "사람들이 잡초라 하는/바랭이나 강아지풀의 씨앗이/부비새에게는 귀한 양식"(「부비새 운다」)이라는 표현에는 '사람/자연'의 완강한 이분법이 빈틈없이 개입한다. 또한 사람을 "세상의 먹거리 모조리 쓸어가는/꼬리 없는 원숭이"(「괭이갈매기」)로 표현하거나 "사람들의 발길에 밟힐까 저어"(「요람과 무덤」)하는 마음을 가지는 것 역시 일관된 염인(厭人)의 태도를 보여주는 사례일 것이다. 그래서 시인은 "사람들 발길이 닿지 않는 강 건너에만/산철쭉 꽃이 피는 사정"(「강 건너 산철쭉」)을 우리에게 선명하게 전해주는 것이다. 하지만 그는 세상의 이치를 선악이나 시비로 확연하게 분절하는 데는 단연코 반대한다.

사노라면 겪게 되는 일로
애증이 엇갈릴 때
그리하여 문득 슬퍼질 때
한바탕 사랑싸움이라도 벌일 듯한
투구꽃의 도발적인 자태를 떠올린다

사노라면 약이 되면서 동시에

독이 되는 일 얼마나 많은가 궁리하며
머리가 아파올 때
입술이 얼얼하고 혀가 화끈거리는
투구꽃 뿌리를 씹기도 한다

조금씩 먹으면 보약이지만
많이 넣어 끓이면 사약이 되는
예전에 임금이 신하를 죽일 때 썼다는
투구꽃 뿌리를 잘게 잘라 씹으며
세상에 어떤 사랑이 독이 되는지 생각한다

진보라의 진수라 할
아찔하게 아리따운 꽃빛을 내기 위해
뿌리는 독을 품는 것이라 짐작하며
목구멍에 계속 침을 삼키고
뜨거워지는 배를 움켜쥐기도 한다.

— 「투구꽃」 전문

　'투구꽃'이 가지는 '약/독'의 양면성에 착안한 시편이
다. 우리가 잘 알듯이, 플라톤은 문자를 '약'인 동시에
'독'의 속성을 가진 존재로 비유하여 그것을 '파르마콘
(pharmakon)'이라 명명한 바 있다. 화자는 투구꽃의 이러

한 파르마콘으로서의 성격을 통해 약이자 독일 수 있는 모든 존재형식을 환기한다. 마치 "애증이 엇갈릴 때"처럼 그 약과 독은 혼재하고 서로 넘나들기도 하는 것이 아닌가. 결국 화자는 "조금씩 먹으면 보약이지만/많이 넣어 끓이면 사약"인 투구꽃 뿌리를 씹으면서 "세상에 어떤 사랑이 독이 되는지"를 생각한다. 그 결과 "아찔하게 아리따운 꽃빛"을 위해 독성이 불가피하고, 그 치명적 독성이야말로 아름다운 투구꽃을 가능케 한다고 노래하는 것이다.

이처럼 최두석 시인은 폭력적 외인에 의해 자연의 모든 고리가 끊어진 것을 안타깝게 바라보면서, 그럼에도 불구하고 그 안에 독성과 미감을 한몸에 가진 채 존재하는 자연 사물들을 관찰하고 형상화함으로써, 인간 너머 있는, 문명 너머 있는 "원초의 모습"(「두루미」)을 생성해내고 있는 것이다.

3

이번 시집에서 또 하나 확연하게 눈에 띄는 것은 '생각하다'라는 동사의 연쇄적 배치이다. 물론 최두석 시편의 일차적 발원지는 "어찌하여 숨겨둔 꽃은 더욱 보고 싶은지/어린아이 같은 내 마음 나도 모른 채/땅바닥에 엎드려 훔쳐"(「족도리풀」)보는 천진성에 있다. 그리고 "나무의 마음이/나의 마음이 될 때"(「한재초등학교 느티나무」)까지를 기다리는 법열감에 있다. 하지만 이번 시집에서 그는 그러한 즉물적 몰입에서 한걸음 벗어나, '삶의 자세'에 대해 깊이 생각하는 품을 일관되게 보여준다. 이 점 이번 시집에서 매우 중요하게 읽혀야 할 최두석 시편의 한 진경(進境)이 아닐 수 없다. 그래서 이번 시집은 자연 사물을 선명한 전경(前景)으로 삼으면서도, 시인의 자기 귀환과 정립이라는 서정시 본연의 빛을 내장하고 있다 할 것이다.

우뚝 솟은 줄기와
활개치듯 뻗어나간 가지가 늠름한
면앙정에 있는 참나무를 보며
서 있는 자리도 중요하다고 생각한다
송순이 낙향하여 면앙정을 지은
깊은 속내는 헤아릴 수 없으되
하늘을 우러르고 땅을 굽어보아
부끄럽지 않고자 하는 그의 뜻이
참나무에게서 느껴져서이다

아무래도 자리와 자세가 함께 어울릴 때
기품있는 나무가 되리라
자신에게 걸맞은 자리에서

성심껏 일하는 자라야
세상에서 떳떳할 수 있으리라
정자 마루에 앉아 참나무를 바라보며
내세울 공 없는 과거에도 불구하고
앞으로 내가 서 있을 자리와
살아갈 자세에 대해 생각한다.
　　　　　　　　　　　　　—「면앙정 참나무」 전문

　면앙정의 참나무를 바라보면서 화자는, 무릇 모든 존재
는 그 "서 있는 자리"가 중요하다는 생각을 한다. 송순(宋
純)이 이곳에 정자를 지은 것은 하늘과 땅에 부끄럽지 않고
자 한 뜻이었을 터인데, 그 뜻이 화자로 하여금 "자리와 자
세가 함께 어울릴 때"를 생각게 하는 것이다. 또한 화자는
"자신에게 걸맞은 자리에서/성심껏 일하는 자"로서, "내
가 서 있을 자리와/살아갈 자세"를 생각한다. 사물에 자신
의 생각을 착색하는 우의적 방법이 아니라, 사물과 만난
순간에 떠오른 생각을 '충만한 현재형'으로 보여주는 것이
다. 이렇게 시인은 끊임없이 '생각하는' 이의 모습을 보여
준다. 이러한 '생각'의 형식을 취한 사례들은 시집 여러 곳
에 숨어 있다.

　거위벌레도 엄연히/행복하게 살 권리를 지니고/이

땅에 태어났다고 생각한다(「요람과 무덤」)

　과연 잎 없이 입 벌릴 수 있을까 생각하네(「명이」)

　근심과 우울을 모르는 멧돼지들/씩씩거리며 골짜기를 누비다가/잠들면 무슨 꿈 꿀까 생각하네(「돼지평전 원추리」)

　세상에 어떤 사랑이 독이 되는지 생각한다(「투구꽃」)

　채식의 계율을 지키는 스님을 나무라는 것이/얼마나 면목없는 일인가 생각한다(「매화차」)

　지붕 받치는 기둥이 되는 것이 과연/보람인지 업보인지 생각한다(「화엄사 구층암 모과나무」)

　백마강 탁류를 건너간 이들이 흘린/눈물 섞인 땀과 피를 생각한다(「고란사 고란샘」)

　가슴속의 불/어떻게 다스렸을까 생각하며(「불바라기 가는 길」)

　이러한 '생각하다'라는 일관된 조사(措辭)는, 마치 백석(白石)의 후기시편에서처럼, 시인 자신의 존재론을 실감있게 보여준다. 최두석 시편의 진정성은 이렇게 사물 뒤에서 넉넉한 자기성찰을 수행하는 태도에서 오는 것이다.

　또한 이번 시집에 실린 그의 시편을 하나하나 검토해보면, 우리는 시인이란 부족방언을 순결하게 닦는 자라는 말라르메의 정언을 다시 한번 절감하게 된다. 그의 생명의

네트워크 속으로 뛰어든 목숨들만 해도 사스레피나무 명이 풀솜대 족도리풀 홀아비바람꽃 복수초 뻐꾹나리 물봉선 원추리 투구꽃 팥배나무 소사나무 돌나물 며느리밥풀꽃 천남성 꽃무릇 등 거의 식물도감을 연상케 하는 다양한 목록들이 실감있는 토박이말로 펼쳐진다. 그리고 거위벌레 강치 후투티 황조롱이 직박구리 부비새 청띠제비나비 곤줄박이 등 짐승이나 벌레들의 화려하고도 아름다운 세목들도 그 뒤를 따른다. 이러한 목숨들을 정성스럽게 찾아가 관찰하고 형상화하는 것이 그의 시쓰기 과정인 것이다. 그런데 그 다양한 생명들 속에, 예외적으로 빛나는 '놋숟가락' 하나가 눈에 띄지 않는가.

그 놋숟가락 잊을 수 없네
귀한 손님이 오면 내놓던
짚수세미로 기왓가루 문질러 닦아
얼굴도 얼비치던 놋숟가락

사촌누님 시집가기 전 마지막 생일날
갓 벙근 꽃봉오리 같던
단짝친구들 부르고
내가 좋아하던 금례 누님도 왔지

그때 나는 초등학교 졸업반
누님들과 함께 뒷산에 올라
굽이굽이 오솔길 안내하던 나에게
날다람쥐 같다는 칭찬도 했지

이어서 저녁 먹는 시간
나는 상에 숟가락 젓가락을 놓으며
금례 누님 자리의 숟가락을
몰래 얼른 입속에 넣고는 놓았네

그녀의 이마처럼 웃음소리 환하던
부잣집 맏며느리감이라던 금례 누님이
그 숟가락으로 스스럼없이 밥 먹는 것
나는 숨막히게 지켜보았네

지금은 기억의 곳간에 숨겨두고
가끔씩 꺼내보는 놋숟가락
짚수세미로 그리움과 죄의식 문질러 닦아
눈썹의 새치도 비추어보는 놋숟가락.

—「그 놋숟가락」 전문

한반도 전역을 수놓는 생명들 사이로 유난히 빛나는 이

'놋숟가락'은 시인의 "기억의 곳간"에 있는 매우 구체적인 사물이다. 이 시편은 '그 놋숟가락'에 얽힌 내력과 그에 대한 화자의 기억으로 구성된다. 짚수세미로 문질러 닦아 얼굴도 비치던 그 놋숟가락은 화자가 끔찍이도 좋아하던 '금례 누님'과의 추억을 매개한다. 유년시절 그 누님을 숨막히게 바라본 기억의 한순간을, 화자는 놋숟가락이라는 사물을 통해 완강하게 붙들어맨다. 그 불가역의 시간은 그 놋숟가락을 "눈썹의 새치도 비추어보는" 것으로 바꾸어버렸지만, 화자는 그 놋숟가락 속에서 그리움과 죄의식을 반추하면서 이제 돌아갈 수 없는 시간을 생각하는 것이다. "눈썹에 새치가 생긴 후"(「뻐꾹나리」)라는 표현이 다른 데서도 보이는 걸 보니, 이제는 거스를 수 없는 시간의 흐름을, 시인은 문득 찾아온 눈썹의 '흰빛'에서 실감했나보다.

이렇듯 진중하고도 완만한 흐름을 가진 '생각'들은, '시적인 것'의 원천과 귀로(歸路)를 오랫동안 사유해온 최두석 시편의 남다른 차원을 강하게 암시하면서, 그의 이번 시집이 매우 적극적인 자기 귀환과 정립의 과정을 담고 있음을 알려준다.

4

그렇다면 이토록 구체적이고도 다양하게 산포된 자연

사물들을 정성스레 발견하고 표현하는 이 완강한 시적 지속성은 과연 어디에 그 힘의 근원을 둔 것일까. 여기서 우리는 대상에 대한 외경 없이는 감동도 없다는 사실을 상기할 수 있다. 말하자면 시인은 목숨 있는 모든 존재들을 "상처에서 불현듯 새 잎이 돋는 듯한/황홀감"(「박달나무」)으로 바라보는 따뜻한 성정과 그 생명의 아름다움을 외경으로 바라보는 시선을 가진 사람이다. 그 일관된 성정과 시선이 그 스스로에게는 자연 사물에 취하는 감동을, 우리에게는 구체적 개별자들에 대한 새로운 인지적·감각적 감동을 던져주는 것이다. 이처럼 최두석의 이번 시집은, 서로 긴밀하고도 촘촘한 내적 연관성을 가지는 자연 사물들이 유기적 전체를 구성하고 있다는 인식을 다시 한번 유감없이 보여준다.

하지만 그와 더불어, 이번 시집은 사물의 생태와 시인의 생각이 만나는 현장이야말로 '시적인 것'의 원천이라는 자각을 섬세하게 보여준다. 그래서 우리는 이번 시집을, 그동안 시인이 진척해온 음역(音域)을 구체적 사물들로 더욱 확장하면서, 삶의 자세에 대한 깊은 생각을 결속시킨 결과로 읽게 된다. 그 점에서 이번 시집은 지난 시집의 연장이 아니라, 최두석 시학이 나아가고자 하는 적극적 자기 귀환과 정립의 자세를 보여준 뜻깊은 사례로 다가온다.

柳成浩 | 문학평론가

115

아침이면 황조롱이의 날카로운 울음소리를 들으며 잠이 깨곤 한다. 문을 열고 보면 여느 때처럼 이웃 아파트 옥상 안테나에 앉아 있다. 내 눈에 황조롱이는 멀리 모습만 보이지만 녀석의 눈에 나는 눈썹의 새치까지 자세히 보이리라. 공중을 날다 땅바닥의 들쥐를 보고 낚아챌 수 있는 시력이므로.

친척인 매에 비해 상대적으로 황조롱이는 인간 중심의 세상에 놀라운 적응력을 보이고 있다. 서해 무인도의 절벽에 살며 멸종위기를 겪고 있는 매의 처지와는 달리 황조롱이는 도시의 고층아파트에까지 진출해 번식하고 있다.

내가 살고 있는 곳은 산동네 재개발로 조성된 아파트인데 등을 보이고 베란다에 앉아 있는 황조롱이를 본 적이 있다. 황갈색 바탕에 먹빛 반점이 찍힌 날개 무늬를 암호처럼 읽으며 먹이를 찾아 도시로 온 녀석의 삶이 얼마나

고단할까 생각한 적이 있다. 그리고 남들이 등뒤에서 보는
내 어깻죽지는 어떤 모습일까 생각해보았다.

 아무튼 나는 도시의 오염된 공기를 마시며 매보다는 황
조롱이처럼 살고 있다. 그러면서 '사회 속의 인간과 자연
속의 인간이 어떻게 조화를 이루며 사나' 하는 묵은 화두
를 일용할 양식처럼 쪼아먹고 있다.

                                    2009년 가을
                                    최두석

창비시선 307

투구꽃

초판 1쇄 발행/2009년 10월 20일
초판 3쇄 발행/2017년 12월 29일

지은이/최두석
펴낸이/강일우
책임편집/전성이
펴낸곳/(주)창비
등록/1986년 8월 5일 제85호
주소/10881 경기도 파주시 회동길 184
전화/031-955-3333
팩시밀리/영업 031-955-3399 · 편집 031-955-3400
홈페이지/www.changbi.com
전자우편/lit@changbi.com

ⓒ 최두석 2009
ISBN 978-89-364-2307-0 03810